新歌舞伎脚本

愛宕山縁起

西郷と勝

―江戸城総攻撃―

永谷宗次

財界研究所

愛宕山縁起　西郷と勝

もくじ

序文……3
1　江戸市中の場……9
2　江戸城内の一室……33
3　身代り不動境内の場……51
4　山頂の場……71
5　薩摩屋敷、広間の場……105
あとがき……111

序文

序文

ちょうど平成二十五年の四月、私達「昭元会」（経済界の同じ歳の会）の会友は数え「米寿」を迎えた記念に愛宕神社へ参拝し、宮司様のお祓いをいただきました。その折、宮司様の奥様から「永谷さん、このお山はなんでも、西郷さんと勝さん、お二人が散歩をしたという言い伝えを代々聞いておりますのよ！」と伺い、驚きました。

私の家は元々、宇治の山奥の田舎から出て、茶商として愛宕山下前で商いをしておりましたから、愛宕山は私にとって故郷《ふるさと》のような場所です。中学二〜三年になるまで、家から愛宕山を春夏秋冬、遊び場として育ちました。その当時、山頂から見えた東京の街並みは大きな建物が無く、勿論、公害も無く、一目で澄んだ東京湾の全貌を望むことができた良い時代でした。それだけに、私は今でも山への深い思いと愛着があります。

江戸末期、「桜田門外の変」で水戸浪士を中心に愛宕山へ集結し井伊大老を殺害した話も、子供の時に見た山からの景色と思い合わせれば、浪士達が江戸城「桜田門」へ雪の降りしきる中を駆け下りていった当時の様子が何か手に取る様に分かる気も致しました。

今回初めて聞いた「西郷」と「勝」との山の散歩は私にとって実に興味深く、新鮮なショックを受けました。山での再会は史実として記載はございません。が、しかし、あの機知に富む勝海舟なら、江戸城総攻撃を目前に、何としても西郷を動かして愛宕山へ案内し、単なる絵図面で見る江戸ではなく、息づく生活の場、しかも今や日本の中核である江戸百五十万人都市の全貌を、この山の上から見せたかったに違いないと思いました。一たび戦火となれば、江戸市中は大混乱の内に全焼し、そして多くの町民の命が失われることも必定です。又、沖に停泊している諸外国の船が、事と次第によってどの様な動きに出るか…。そうした幕末日本の正に危機的状況を、西郷ならきっと悟るに違いないと勝は思っただろうし、また西郷もその勝の胸中を読んで、それは最後の、ギリギリの承諾だったに違いないと思いました。愛宕山からの展望こそ、勝にとっては西郷への「百聞は一見にしかず」であった事と推測しております。

そんな発想から、歌舞伎としての独特なフィクションで脚本を構成しました。従って史実とは多少異なっているかもしれませんが、できるだけ筋を簡潔に、面白く、読者にも観客にもあまり難しくなく、異聞として「西郷と勝」の愛宕山での再会を浮き彫りにして書いてみた次第でございます。

1 江戸市中の場

官軍が、慶応四年（一八六八年）三月十五日に江戸城総攻撃をするという瓦版がふれまわった。江戸の市中は荷車に家財を積んだ人々が右往左往、大騒ぎの様子である。

長屋の二人、熊と虎が、その通りの道端で立ち話を始める。

大工の熊さん（以下「熊」）「おはよう！」

指物師の虎さん（以下「虎」）「よう！　おはよう！　元気かい？」

熊「うん、元気だ！　おめぇは？」

虎は箒を持ったまま、

虎「元気は元気だけどよ、やけにこのところ、この通りがうるさくなったな！　熊公よ！　おめーんところはどうするんだい？　景気もさっぱりだしさ。商売はあがったりだし。どうしようもないやな。」

熊「俺んとこだって、どうしようもねーやな。だけどよ、そんなおめぇ、景気なんて呑気な話どころじゃねーぞ。それよりよう、これからどこへ逃げちまおうかってことだよ。だけどよう、こう見えたって俺んちは代々の江戸っ子だぁな。どこへ行くって縁もねぇし、あてもねぇんで。第一よう、なんたって持っていく荷物もねぇからさぁ。かかぁとガキにゃ『セカセカするこたぁねぇから、ジタバタするな。』って、そう言ってあるんだ！」

虎「おめえんところが景気が悪いってことはだよ、自慢じゃねぇが、俺んところはもっと悪いんだ。今時、指物なんて見向きもされねーよ。それより俺んところはお袋が長患いで今さら逃げる気はねーし、ご近所には言ってあるんだ。『逃げたきゃ、おめー達だけでどこへでも逃げてくれー』って。俺は下総の流山の生まれで知り合いが無い訳でもねぇが、まさかばあ様を置いて俺達だけ逃げちめー訳もできねぇし、だからって車引っぱって流山まで連れて行くわけにもいかねーし、でぇいち、向うの家だってえらい迷惑だぁな！　実はどうしたもんかと思ってたんだが、熊さんところもその気なら、俺も安心したよ。」

横丁から大家がせかせかと出てくる。

大家「熊さんじゃないか！　大変なことになったね。」

熊「大家さん！　どうもご無沙汰ばかり致しまして、すいません。まだ先月のお家賃を払っておりませんで…。何せこのご時世ですから、すっかり仕事が無くなりましてね。物騒な話ばかりで。でえいち、こんな時に家を直そうとか、棚を付けてくれなんて注文、からっきし参りませんや。どうせ焼けちまうんだから…って。」

大家「そうだろうとも。いいよ、いいんだよ。お前さんを私は前から信用していますよ。当たり前だよ。これだけ世の中が物騒になったんだから、大工の仕事なんかありゃしないよ。」

熊「大家さん、本当にすいませんで！ だけど今度！ 江戸が焼けたら、その時こそはあっしらの出番で、ドンドン新しい注文がいっぺえへえってまいりやすから、その時は日頃ご恩になっております大家さんの家をまずはでぇいちにー、何を置いても新築致しまして、そして早速に大家さんからはお勘定を頂戴致しまして、そうしていの一番に、大家さんのところへお家賃を持って上がりやすから。」

大家「おいおい、熊さん！　冗談はよして下さいよ。あんたね！　縁起でもないこと言わないで下さいよ！　江戸中が焼けちまったら、私はどうなるんだい。私の貸してある店子の家がみんな焼けちまうってことだよ。私は大家が仕事だよ！　その日から、わたしゃどうして暮したら良いんだい！　わたしゃ今からそれを心配しているんだよ。」

熊「いやー、こりゃー大家さん、すいません。どうか、お気を悪くしないで下さいまし。あっしは、つい、馬鹿だから自分の事ばっかり考えちまって。どうもすみません。大家さんには悪いこと言っちまったな！」

虎「大家さん！　あっしも大家さんには大変いつもご厄介になっておりまして。たしかふた月分か、三月分《みつき》くらい、かかぁの奴が溜め込みやがって、本当に申し訳なく…。」

大家「虎さん、あんた、しっかり覚えておいて下さいよ！　三か月分だよ。それにね、あんたはいつもおかみさんのせいにするけど、虎さん。これはあんた、家賃を払うのは亭主の責任ですよ！」

虎「へぇ、すみません。その通りで…。もう三か月になりますか?! いやぁ、月日の経つのは早いもんだ!」

大家「冗談じゃあないよ。こっちは月日の経つのが長くてしょうがないんだよ! それより、あんたの家もおばあさんが長患いで、気の毒だねー。私はさぞ大変だろうと分かるだけに、ついつい虎さんに会っても催促できずにいるんだよ。実は私の家もね、ばあさんがどうも最近腰が痛くて、杖をつきはじめてねぇ。」

虎「そいつはいけませんねー。せいぜいお大事になすって下さいまし。あっしも、本当はすまねー、すまねーといつも心の中では思っておりやすが、何分、熊公と同じような商売で。長いことご迷惑をおかけして申し訳ございません。それはそうと、大家さん！ 西郷は本当に攻め込んで来るんですかね？」

大家「それだよ！ 瓦版で見ただけでね、本当かどうかは分からないけど、なんでも、三月十五日には江戸城に攻めて来るって話だよ、三月十五日って言えば、もう一ヶ月ちょっとのことだよ。西郷っていう男は、なんだか大そう大男だっていう話ですよ。この大男はね、やけに目玉がギョロッと大きくて、普段は無口で、そのかわり一旦言い出したら聞かないらしいって話ですよ！　またそんな事を瓦版のやつがどんどん書きたてるから、余計こういう騒ぎになっちまうんだよ。」

そこへ町火消しが来る。

町火消し「め組」の三吉（以下、め組三吉）「大家さん、えらい騒ぎになりましたね！　あっしはみんなにあんな瓦版は嘘だ、嘘だ、と言い続けているんですがね。これだけ町中が騒ぎ出すと、だんだん心配になりましてね。えー、実はね、あっしも昨日用があってお城のそばまで行ったんで、ついでに城の周りの様子を見て参りやしたがね、今、江戸城では絶えず何か会議、会議だそうで、たまたま城内から出てきたお侍さんに聞いても、ただだまって口を真一文字に結んで下向いて歩いていっちまうし、中には酔っぱらって大声でわめいて城から出てくるお侍さんもいましてね。あっしもこの芝には永く住んでおりやすが、あんなお侍さんの様子は見たことも無かったことで……。するってえと、瓦版も、何だかまんざら嘘でもねえかなーって気がしてならねんですがね。

あっしら火消は、以前、江戸城本丸の火災で初めて町方の『よ組』がお城へ入りやしてね、無事に、火を消したんで。あん時は、働いた『よ組』の連中だけじゃなくて、あっしらまでご褒美をいただいたくらいで。有難いことで！

こちとらは、何と言っても徳川様には先祖代々からの厚い、深ぁーいご恩があるんで、おいらは何が何でも命を張ってお守りするつもりでさぁ。いざ薩長の奴らが攻め込んで来たって、あんな田舎者のイモ侍に江戸をむざむざ渡すわけにはいかねぇんで。必ず江戸の町は、あっしらの手で守ってみせまさー！　大家さん、どうかご安心なすってくださいやし！」

大家「あぁ、三吉さん‼ ありがたい事、言ってくれるよ！ あたしゃ、お前さんのその心意気が嬉しいよ！」

そこへ新門辰五郎が篭に乗って忙しく来る。

火消三吉「ああ‼ 新門の大親分様じゃぁございませんか。大親分様はどちらへお出かけで？申し遅れまして、あっし、め組の子分の三吉でござえやす。いつも大変お世話になっておりやして、ありがとうござえやす！」

大家「あぁ、新門の辰五郎大親分様！　いつも、いつも、大変ご厄介になっておりまして、ありがとうございます。この長屋の大家をやっております多左衛門という老いぼれでございます。」

熊「へえ！　あっしは、熊と申しまして、しがない大工をやっておりやす。大親分様にこうしてご挨拶させていただくなんて、こんなありがてぇことはございません。」

虎「あっしもこの長屋にお世話になっております、指物師の虎と申します。へぇ、この長屋に住んで二十年程になりますが、こんなおそばで大親分様にご挨拶をさせていただくなんて、冥加なことでございます。ところで、こんなとこで大親分様にお尋ねするのは申し訳ございませんが、この江戸の町はいってえこれからどうなるんでございましょうか？」

辰五郎はおもむろに篭から出てくる。

辰五郎「いやー、お前さん達も江戸中がやかましくなってさぞ心配だろうが、もし仮にだ、戦が始まったとしたら、なあーに、め組の皆さんだけじゃねえ。江戸中の組が一つになって、必ず火は消してご覧に入れます。薩摩だろうが、長州だろうが、あっしらは決してこの町に手出しはさせねえ積りでごぜぇます。この大事な江戸は必ず守って見せますから、どうか、みなさんは安心しておくんなさいよ。

あっしは今、め組の親分と別れて、これからお城の勝先生からの急のお呼び出しで、お城に上がって参りますが、幕府が代々と築いたお膝元のこの江戸の町は、必ずあっしらが守ってみせやすから。なーに、ご心配には及びませんよ。それじゃ皆さん、あっしはこれからひとつ走り、お城へ上って参りやす。」

町火消三吉「大親分！　おいらのお供はダメですか？」

辰五郎「すまねえな。今、組の者達とも別れてきたところだ。お前さんはこの長屋を、しっかり守ってやってくれ！」

皆「それじゃー、大親分様、くれぐれもお気を付けて！いってらして下さいまし！」

辰五郎が花道にさしかかるが、一同はまだお辞儀をしている。花道、七、三に来たところで、

辰五郎「篭や、ちょいと止めてくれ！　おーい三吉！」

町火消三吉「へイ！　大親分！」

辰五郎は懐から紙包みを出して、

辰五郎「ほんのそば代だが、みんなで食べてくれないか！」

紙包みを町火消三吉の方へ放る。

町火消三吉「大親分！　ありがとうござえます！」

篭の中の辰五郎は腕組をしながら、一人つぶやくように言う。

辰五郎「あぁ、俺はこうして久々に勝先生の火急のお呼び出しということでお城に上がるわけだが、どうけんげぇてもこりゃあ、薩摩との一戦は避けられそうもなさそうだ。代々続く徳川様の江戸城あってのこの町だ。俺達は江戸の人達のためにも、火消の命にかけて、この町を火の海にしちゃぁならねぇんだ。おい竜や！ 急いでお城へ突っ走ってくれ！」

上手から異様な姿かたちの一団が、何やら紙吹雪を撒きながら入って来る。

一団「えーじゃないか！ えーじゃないか！ えーじゃないか！ 空からお札が降ってくる！ くさいものには紙を貼れ！ 破れたら、また貼れよ！ 長州さん！ えじゃないか！　長と薩とえじゃないか！　えーじゃないか！
えーじゃないか！　えーじゃないか！」

街の混雑はその一団の渦にのみこまれる。辰五郎は腕組し、篭は花道から消えてゆく。幕が下りる。

幕

え　江戸城内の一室

新門辰五郎は、勝の家臣に連れられ、城内の一室へ通される。辰五郎は正座して勝安房守《あわのかみ》を待つ。腰元がお茶を持って来る。

辰五郎「どうぞ、お構いなく。」

辰五郎は出された茶に早速手をのばそうとして、ふと腰元を見る。

辰「お！ お前、お静じゃねぇか！」

腰元お静（以下、お静）「お父上様、お懐かしゅうございます。お変わりもございませぬことは、何よりでございます。お母上様には、いかが遊ばされておられますか？」

辰五郎「ああ。元気で俺の世話や、子分たちの世話を一生懸命やってくれているよ。お前のことは、毎日、神棚を拝んでは、『お静は今どうしているだろうか』と心配しているよ。ことにこの頃は、江戸城の騒ぎの噂が流れる度に、お前の事をなおさら思っているようだ。しかし今日の、お前の美しくなった姿を見て、俺は安心したよ。」

お静「私もお父上様、お母上様の手を離れ、勝様のお世話にてお城でご奉公させていただきまして、お蔭様で色々と勉強をさせていただいております。ただ母上様のお体のことが、いつも、いつも心配で…。」

お静は涙ぐむ。

辰五郎「なぁに、時々、シャクのようなものが起こるようだが、寝込むような心配はねーから。お前は安心してお勤めに励んでくれ。うちの組連中もみんな元気でやっているが、なんせこんな世の中だ。いつ何が起こるか分からねーが、おいらは火消しの名にかけて、この江戸の町をきっと守って見せるから。お前もひたすらご奉公に励んでくれ！」

お静「ただ今はこうして勝様に、お父上様とのお引き合わせをいただきました。勝様は本当にどなたにもお優しいお方で、教えていただくことばかりでございます。私は明朝から寛永寺へ、お殿様付として参上させていただきます。そして、一生懸命ご奉公させていただきます。お父上様、お母上様、どうぞ静のことは決してご心配なさりませぬよう。そして何卒、この大江戸をお守りするため、精一杯のお力をお尽くし下さいますよう。陰ながらお祈り申しております。」

辰五郎「あぁ、ありがとうよ。お前も奉公してからまだ二年というのに、すっかりうちの娘じゃねぇみたいに立派になって。ありがてぇことだ。寛永寺へ行ったら、必ず、どんな事が起こっても、お殿様をしっかりお守りするんだぞ！」

お静「はい、お父上様。お母上様にはくれぐれも、お体お大切になさいますよう、お伝え下さいませ。」

勝安房守（以下「勝」）が裃姿で颯爽と入場する。上座へ座る。

勝安房守（以下「勝」）「おぉ、辰五郎か。よく参った！」

辰五郎「へー。只今、参上いたしました。勝先生には、ご健勝にて何よりと存じ上げます。日頃は何かとご配慮をいただき、何とお礼を申し上げても足りない程のご恩をいただきまして、まことにありがとうございます。また、こんな娘にまでお心配りを頂戴し、私はこのご恩は一生忘れは致しません。」

勝「まぁまぁ、そう固くなるな。分かった、分かった。さて、そんな事でお前を呼んだのではない。静、わしは、茶は要らん。下がってよい。」

勝はお静に目配せする。

静「はい。かしこまりました。」

静は奥へと入る。

勝「この度の西郷の動き、近く江戸城総攻撃を意図していることは、辰五郎も聞いておると思う。官軍は有栖川宮《ありすがわのみや》熾仁親王《たるひとしんのう》が大総督として駿府に居を構え、その軍の長として西郷が総指揮に当たる。軍勢は凡そ三万とも五万ともいわれ、三方から街道を行進中とのことだ。見張りからは逐次報告があるが、相当数の砲門と銃器を携えて来るようだ。その間、何らかの妥協へ向け幕府からあらゆる接触を試みてはいるものの、なかなか埒が明かない。あの勝ち誇った官軍の堂々たる様子では、益々、西郷の独断で事が運ぶ程の、今や西郷にはその力があると見える。西郷は三月十五日と、公然と総攻撃を公言している。多少の駆け引きがあるとは思うが、何せ相手は西郷だ。将軍慶喜公の上野　寛永寺への恭順について、西郷はガンとして首を振らず、耳を貸そうとしない。俺は幕府の名誉にかけて、歴史ある徳川家を何としても守らねばならぬ。いや、俺は命にかえても守ると、心に固く誓っている。政権の交代は今日の時勢を考えればやむなしと前から考えてはきたが、もし西郷が徳川家の存続をも聞き入れない場合には、江戸が戦場となるのは必定。その時は豊臣、徳川のあの大阪城冬の戦いとは訳が違う。

もし戦が始まれば砲火は勿論のこと、物取りや火つけも横行し、この大江戸市中は瞬く内に火の海となるだろう。残念ながら徳川方の武士は町衆のことまで考える余裕も、もはやその力もない。そこでお前さんに頼みがある。是非とも火消の各組を集結して、戦火の類焼をできるだけ抑えるよう、あらかじめ通達してもらいたい。どう防ぐかは、俺の頭じゃ分からねぇから、これをまとめる知恵と力のあるのは、やはりお前さんしかいないと思って呼んだ訳だ。」

辰五郎「恐れ入りやす。そんなにまで先生からお褒めの言葉をいただいて。あっしは、火消稼業の冥加に余ることでごぜえやす。西郷の三月十五日といやぁ、あとおよそ一ヶ月余り。あっしが早速、各組頭を呼んで話をつけさせていただきやすが、できましたら勝先生の書状をいただき、まずは組頭のみんなに見せて、事を至急に運んでまいりやす。」

勝「辰！ 俺は既に、辰への申し渡しは書いてある。そしてできるだけ、老人、子供、そして女達を戦火から逃れさせてもらいたい。江戸周辺の舟を一斉に集結させて、まずは弱い女、子供、病人、老人を先に乗せ、房総方面に運ぶ。そして房総の地元の人達と協力して、そこへ住まわせてもらいたい。もちろん、食い物、衣類はできるだけ確保していってくれ。そして若い男達は全て徳川に協力してほしい。いずれ江戸城での戦いが収まった時には、町民たちが新しい町づくりができるよう、考えてやってもらいたい。」

辰五郎「よーく分かりましてございます。あっしらは所詮、町民で、薩摩や長州の武士達に歯向かうすべもございませんが、もし戦火となったら、火消の役目は立派に果たして、先生のおっしゃる通り、江戸をしっかり守ってご覧に入れやす。

流石に勝先生は、素晴らしいお知恵と情をお持ちの方。あっしは江戸の町衆に代わって、厚く御礼申し上げます。」

勝「よーし！　そうと決まったら辰！　一刻の猶予もならねぇんだ。辰！　当座の金として、ここに五百両ある。お前さんの好きな様に使ってくれ！　辰五郎！　急げよ！」

辰五郎「へ、へー‼　でも先生、こんな大金、私一人で⁉」

勝「良いから使ってくれ！　江戸の町を頼んだぞ！」

辰五郎は大事に書状を頂いて更に素早く手ぬぐいを出し、丁寧に五百両を包み懐に入れ重そうに立ち上がる。

辰五郎「旦那！　いや、先生！　この大金は江戸の人達のために、必ず大切に使わせていただきやす！　どうぞ先生！　くれぐれもご無事で！　ご免下さいまし！」

辰五郎は五百両を懐に、急ぎ去って行く。

勝は辰五郎の後姿を見つめながら、しばしして言う。

勝「おい、静！」

襖の陰から静が答える。

静「はい！」

勝「お前の親父を見送ったか‼」

静「はい！　しっかりと！　見送らせていただきました。」

静は襖を開け、勝に手を合わせ泣いて喜ぶ。

勝「西郷の奴‼　錦の旗をかざしていよいよ来るか！
よーし、俺の命をかけた勝負はこれからよ！　はははは
……。」

幕

3 身代り不動境内の場

身代り不動境内に、西郷を乗せた篭とお供の重臣数名が物々しく入ってくる。西郷はおもむろに篭から出る。勝は感激のあまり握手を求めながら、西郷を迎える。

勝「おはようございます、西郷さん！　お久しぶりです！いやぁ、よくぞお見えいただきました。こんな早くに、わざわざお出掛けいただいて。それもあなたはたしか駿府からのお帰り早々で、どんなにかお疲れのところ。西郷さん、まことに、まことに、ありがとうございました！」

西郷「なんの、なんの。勝先生！　お久しぶりでごわす。

おいも、会いとうごわした。あいがとう！　おいはまこと田舎者じゃって、こんぐらいの朝、ちいっとも早かとは思いもはん。案外江戸の街はまだ静かで動きが遅く、かえってここへ来るにも気が楽でごわした。」

勝「西郷さん！　先生はやめて下さい。しかしこんな早朝。西郷さんにそうおっしゃっていただくと、まことにありがたい。しかもこうした仏間にお迎えして、何分《なにぶん》こしか無いもので…。」

二人は、正面の賽銭箱横にある四段ほどの階段を登る。

西郷「こないなところにご立派な身代り不動さんのお寺さんがごあしたとは、ついぞ知り申せなんだが、古いお寺でごわすか？」

勝「このお不動さんはなんでも、家康公が愛宕神社を祀る時に、その守護神として、たしか町の四方六院にそれぞれお不動さんが祀られたそうで、私の母は信心が深いお人ですから、毎月二十八の日には深川不動さんと、大分離れてはおりますがこの愛宕の不動さんへは月参りをしております。そんなことで私はあまり信心は深くはないのですが、ここの住職とは妙に気が合いましてか、親しく、もう古いお付き合いをしております。今朝は住職にお願いして、只今、一服お茶を所望致したところ…。」

そこへ住職がお茶を持って入って来る。

住職「これは、これは、西郷様。よくお見え下さいました。私はここの住職の宗京でございます。以後、よろしくお願い申し上げます。勝先生とは昔から大変親しくさせていただき、ありがたく思っております。まことに粗茶ではございますが、どうぞごゆるりとなさって下さいまし。」

西郷「いや、いや、ご住職！　早朝より、また何のご面識もなかところへば急に仏間に上がり申して、ほんのこて申し訳ございもはん。西郷でごわす。今後、お見知りおきを！　ほぉう、このご立派な銀杏の木は、大そうの樹齢かと存じますが、またこの木の下には可愛いお地蔵様もおわして、境内も広々として、良いお寺様でごわすな。」

住職「鏡照院と申しましてもうこの寺も、二百年以上の古寺になりました。」

勝「私の母は特にこのお不動様は、『確かに身代り不動様だ』と言って深く信じておりまして。そうだ子供の時は、よく母がそこにお座すお地蔵さんへ『私のために』と、一生懸命よだれかけを縫っては掛けていたそうです。だから私はいくつになっても、母親には頭が上がらない。ハハハ…。」

小坊主がもう一盆のお茶を持って来る。

住職「ええ。私と勝先生は、先生がこんなにご立派になる前の、まだ可愛いお子様の時からのお付き合いでございます。先生は、今はお城に上がったお帰りに、たまにご休息にお越し下さいますが、お母様は今でも毎月わざわざ遠くから、ちゃんと拝みに来ていただいておりまして、そう、こちらの三体のお地蔵様へも、必ずお参りして下さっております。」

勝は西郷の随臣たちを見回しながら

勝「お供の方をいつまでもお待たせしてはお気の毒だから、早速、山へ登ると致しましょうか。折角のご住職の一服お茶をいただいて。ご住職！　またいずれお目にかかりましょう。あ、そうだ！　それじゃぁ、ついでにお不動さんを拝んでまいりますか！」

住職「勝先生！『ついでに』はないでしょう。折角、西郷先生がいらしていただいて、まことに名誉な、有難いことでございます。お二方は大変お忙しいお体ですから、私はこの後、護摩を焚いて、大切なお二方をしっかりとお守りするご祈祷をさせていただきます。」

西郷「それはまこと、あいがとごさいもす。あたいも神仏への信心は、やっぱい母様からのお陰でございますか。郷里におっ時は、何かにつけ、よう母様と一緒にお寺へ参りもした。」

住職「それはご立派なことで。勝先生も西郷先生を見習っていただかなければ…。」

勝「いやー、参った！ ここで住職にお説教されるとは思っていなかった。ハハ…。それでは私たちはこの境内の裏庭を通って、愛宕山の近道へと出て参るつもりです。しからばご住職、お不動様にはくれぐれもよろしく。これにてごめん！」

西郷「勝先生。そげな台詞はなかでしょうが。」

住職「いやいや。勝先生は昔からせっかちなお人でな。それでは西郷先生、どうぞお立ち下さいまして、またこちらに参られました折は、是非、お立ち寄り下さいますよう。粗茶でも差し上げたく存じます。」

勝「それじゃあ、西郷さん。ご住職の言葉に甘えてご祈祷をお願いして、この裏道を通りますか。」

西郷「それではご住職。勝先生に連れんもろて愛宕山の神社詣でに行たっきもんで。」

住職「お二人はよくお気が合って、お友達のようでございますね。」

西郷「いやぁ、勝先生はおいの先生でごわす。無骨な私に、色々とお教えていただいておりもす。」

勝「またまた先生などと！ いやいや、西郷さんは書も上手で、漢詩も上手で、まさに文武両道のお方。私のような無骨ものとはわけが違う。ご覧の通りの素晴らしいお人柄です。」

西郷「勝先生！　何をおっしゃっておりますか！」

勝「ところで西郷先生は、お体も大きくて、その上、健脚だと伺っておりますが？」

西郷「ええ。子供の時からいっつも山道を歩ちょって。本来こげな篭に乗っとは『仕方なく』でごわす。かえって腰が痛となり申して、駿府から東海道の行き帰りは甚だ辛く、弱っておりもうす。おいは歩く方が好きでごわして、実は……（住職を見返し）今日は供の者達をこへ残して参りたいと思とりますが、それではご住職にかえってご迷惑かと…。」

住職「なんの、なんの。西郷先生さえよろしければどうぞ。この山はそんなに高い山ではございませんから、まだ薄明りではございますが、お気を付けて、気分直しにごゆるりとお二方様でお歩きになられるのも、よろしいかと存じます。」

重臣達は西郷の安否を気遣う。

西郷「おはん方、ご苦労でごあした。おいどんは、ここからは勝先生のご案内でお山をお詣りして参ってくっで。おはん達はこの境内でしばらく待っちょって下さい。」

重臣「それはなりません！　西郷殿は大総督・有栖川宮様より東征軍の総参謀を任ぜられた、大切な御身。万一、何か生じた場合、私共だけの責任ではございません！　官軍の大事にございます。」

西郷「まぁ、まぁ。おはん方の言う通りじゃっどん、おいもこの間、駿府から江戸へ着いたばかりじゃっどう。色々大事な用件が重なってのぅ、ほとほと疲れ申した。そこへ勝殿から『江戸へ来られたら、ちょうど梅が見ごろかと。是非、愛宕山へご案内する』とわざわざ山岡さんを通してご書状を頂いた…。」

重臣がいぶかるのを制し、西郷が言う。

西郷「勝先生とは古か仲、色々とご指導を賜った先輩でごわす。久々にお会いできて、これから愛宕様をお詣りし、ゆっくいと勝先生とお話しをさせっもろっ。これこそ、またとない機会でごわす。あいがたくお受け申したところじゃ。」

重臣「だからと申して、江戸城総攻撃を目前に控え、しかもここは江戸の真ん中、江戸城とは目と鼻の先！とてもお守り申さぬ訳には参りません！」

西郷「じゃっどん、じゃっどん。おはん達と群れをなしては、かえって面倒が起る。」

重臣「しかし、だからと申されましても！」

西郷「おはん方のお気持ちは、よー分かり申すが、しかし、おいどんは、勝殿の最後の話がどうしても聞きとうて参ったのじゃ。分かってくいやんせ！」

西郷はギロリと重臣達に目配せする。

重臣「は！　しかし…、ははー！　かしこまりました。何卒、くれぐれもご用心下されませ。」

西郷「勝先生！　大変、お待たせ申した。」

勝「いや、西郷先生！　あんたは今、一番官軍にとって大事な御身《おからだ》。いや、日本国にとって一番大切なお方だからこそ、みんなが心配するのは当たり前です！　私自身、よくぞあなたが来て下さったと、心から有難く思っております！」

西郷「いやぁ、今日はお誘いいただき、本当にあいがとがした！」

どこかから鶏が鳴く声が聞こえる。

西郷「おー、一番鳥が鳴き申した。それでは勝殿、ご案内よろしうお願い申します。」

二人は仏間から悠然と消えてゆく。

住職は不動尊の前におもむろに座り、護摩をたく準備をする。

幕

4　山頂の場

西郷と勝の二人は、花道から山道を登ってきた様子で出てくる。

西郷「いやー、勝さん！　江戸にも、こげなー静かな坂道があっとは、思いもはんじゃした。」

勝「江戸の人間はせっかちで、向こう側にある男坂・女坂の石段を登る方が神社に近いもんだからあちらは割合賑わいますが、こちらはいつでも全く人通りが少ないんですよ。」

ウグイスが鳴く。

西郷「いやぁ、ウグイスが鳴いちょっ！　おいは田原坂を思い出しもした。」

勝「はは…。奥方が恋しくなりましたか？　ははは…。」

西郷「いや、いや。うっかた（女房）もつれて来たか気が致しもしたハハハ…。」

山頂に茶店がある。三方向を開くことができる広間のある、かけ茶屋である。

茶汲み女「いらっしゃいませ！　今、お店を開けたばかりでございます。どうぞ、お席の方へどうぞ、どうぞ。名物の平九郎饅頭がこれから出来るところでございます。できたてを是非、召し上がっていって下さいまし。この店では、お茶は喜撰も特においしい、『上』を入れております。どうぞごゆっくり、召し上がっていって下さいまし。」

勝「上の喜撰と申すか。なるほど。それで分かった。巷では『蒸気船　三杯飲めば　夜も寝られぬ』と、茶の上喜撰と沖に浮かぶ蒸気船をかけて、夜もおちおち眠れぬ…と。なかなか上手いことを言うものだなぁ。ハハハ…。」

西郷「は、はぁー、お茶と黒船とかけて夜も眠れんとは、江戸の人はうまかことを言う。ハハハ…。おいどんの鹿児島では、川柳とは言わず、狂句と言いもし、こちらもなかなか面白か句がございますわ。」

勝「左様ですか。それは面白い話だ！　はははは…。」

西郷「ほー。ここでは平九郎饅頭が名物ごわしてな。ははは。まだ閉まっちょったが、山の途中にあった茶屋の看板が出とって、たしか平九郎団子と書《け》えてあったど！」

茶汲み女「いいえ。うちが元祖でございますよ。団子ではございません。平九郎様はお饅頭が大好きだったそうですから！　で、うちのご主人様が一生懸命考えたそうで、お饅頭を紅白で作りました。愛宕神社様の紅梅・白梅にちなんだそうですよ。」

勝「ははは、商人はなかなか良い知恵を持っているなぁ。

ははは。それじゃ紅白と、西郷はん、朝飯前に二つ食べますか。」

西郷「そいじゃ、あたいも遠慮なく頂戴しもんで。」

二人は顔を見合わせ笑う。

茶汲み女「ありがとうございます。それではどうぞお客様、座敷の方へお上がりになって、ごゆっくりなさって下さいまし。座敷からは、まだお客様の知らない、ほら、ご覧下さいまし。」

そう言いながら茶汲み女が障子を開け放す。

茶汲み女「ほら、江戸湾の海から江戸市中まで、まるで絵の様に四方よく見えますよ。どうぞごゆっくりと江戸の景色をご見物下さいまし。お饅頭は、白はこし餡、紅はつぶ餡になっております。」

勝「ハハハ…、左様か。おねえちゃん、上喜撰とやらのお茶はおいらが適当に入れるから。お前さん、饅頭が蒸しあがっても、しばらく奥へ入っていてくれないか。おいら達は少し話があるから、朝の支度でもしててくれ。」

茶くみ女「ははー。はい、只今！ それでは早速お茶を用意して、持って参ります！」

茶汲み女はそう言いながら正面の障子全てをゆっくりと開けてゆく…。

そこには広々とした江戸湾が見えてくる。

西郷が立ち上がって言う。

西郷「いやぁー、江戸の海は広い‼ 広うごあすなぁー。」

勝も立ち上がる。

勝「西郷さん！　向こう岸はアメリカですぞ！」

西郷と勝は共に大笑いする。西郷が驚いた様に言う。

西郷「これはまこと素晴らしか眺めじゃ！　沢山の黒船も、よう見ゆっ！　江戸の市中も、手に取る様によく見ゆ！」

茶くみ女が茶道具を持って入って来る。

茶くみ女「お客様、良い眺めでしょう！　お日様が上がると、もっときれいですよ。それではよろしくお願い致します。」

勝は座って急須に湯を入れ、二つの茶碗に相互に茶を注ぎながら言う。

勝「左様。イギリス船が三艘、オランダ船が一艘、フランス船が一艘。そして先日はオロシアの変わった船も来ておりましてね、彼等は皆、通商を望みましたが、オロシアには蝦夷《えぞ》での通商をやっと許したところです。何せ江戸湾は、長い鎖国政策のためもあって大きな船の船着き場がございませんから、皆、遠くへ停泊して荷の積み下ろしを致しております。」

西郷は深く感じ入った様子で言う。

西郷「なるほど！　いやー、江戸は広か。さすが大江戸だ！、ようここまで栄えたものだ！　本当に勝さんのおかげで、今朝は久しぶりに見学させっもろて、心も体も、旅の疲れも取れ申した。」

西郷も座って、勝と茶を飲み交わす。勝が「得たり」と思った様子で言う。

勝「私も、まさか西郷さんに早速ご快諾いただけるとは思いませんでした。」

西郷「いや。おいどんは駿府に居った時、勝さんの使者が参ったとの知らせに驚き申した。恐らく余程の覚悟した男と存じ、よくぞと、恐れ入り申した。」

勝「あぁ、山岡君ですね。薩摩屋敷の焼き打ちの後だけに、血気の武将達が何をするか。山岡君は『この仕事は是非、私にやらせてくれ』と…。彼は勿論、死を覚悟してお訪ねしたと思います。お蔭で無事、西郷さんの元へ私の書簡を届けていただくことができました。私は、山岡鉄太郎君、彼ならこの仕事をきっと勤めてくれると、固く信じておりました。」

西郷「いやあ、山岡さんの様な立派なお方にわざわざお見えもろて、さぞや大変なご無礼があったと思っとります。改めてお詫び申し上げます。

お蔭で屋敷の方は大して焼かれた訳でもなかからすぐ消し止めましたが、ともかく幕府とすれば何かち言えば薩長が目の敵。だいが首謀かはわからんけど、まずは徳川方に間違いなかと思っとります。じゃっどん、そげな矢先のことでごわして、さぞや山岡さんに失礼の段、くれぐれも勝さんからもよろしゅうおっしゃって下さい。」

勝「いやいや。山岡君はあなたに直接お会いできたことを非常に喜んでおりましたよ。私の方こそ、あの薩摩屋敷の折は、西郷さんにもしものことがあったら重大事と考えておりましたが、丁度、駿府にいらしている時で本当に良かったと思っております。まだ焼き討ちの犯人が不明とのことで（実はその下手人が西郷の側近『益満休之助』であることを、幕府は既に捉えていた。）恐らく血気にはやった幕臣か或いは不満の浪人達か、今のところ確たる証がございませんが、幕府として当然厳しい沙汰があろうかと思っております。」

西郷は勝に鋭く視線を向ける。

西郷「中には『藩の者がわざと仕掛けた…』ちゅー噂ま

でもが出たい、まあ、まあ、色々と噂が出るものでごわす。ははは…。藩中にも確かに血気盛んな若者ばっかい渦巻いておんもんで…。おいどんはできるだけ別に何事もなかった様にふるまって居りますわ。ははは…。」

西郷と勝の話し合いはいよいよ核心に入り、二人の攻防は激しくなる。

勝「西郷さんには色々とご心配をおかけして、申し訳ございません。今の幕府は攘夷と言うかと思えば開港と言い、根本が揺れ動いております。明日の日本がどうあるべきかのしかとした信念が無い。ただただ諸外国から交易の強い要望を受けるが、その裏には、互いに利が絡み、支那、インドの様に、日本の国の領土までも狙われるやも…。いずれにしても、今が重大な局面であることは、重々わかっております。だからこそ！　だからこそ！　この江戸が戦火となれば、江戸はたちまち火の海となり、大混乱を起こすが必定！　徳川幕府の威信は、鳥羽伏見の戦いで最早勝負がはっきりと致しました。ただし江戸は、家康公の居城として以来、歴代将軍の施政の中から重ね上げ、積み上げてきたこの商人の町。それを大政奉還のために焼野原にして、はたして、西郷さん‼　それで宜しいのでしょうか。」

西郷は一段と大きな声で言う。

西郷「じゃったら、潔う、おいどんが申し上げている条件をお含みいただければ良かとごわし。おはんの幕府は存続の話ばっかかい、真の大政奉還にはなりおーしておりませんから、申し上げちょいもす。」

勝「西郷さん、幕府は幕府の誇りがございます。それにまだ多くの幕藩の武士が、全国にはそれぞれの市政を整え、武士、農民、工人、そして商人が色々な暮らしを守っております。もし一朝にして幕府を潰すとなると、それぞれの藩内は動揺して全国市中は大混乱すると考えられます。これは西郷さん、火を見るより明らかですぞ‼」

西郷「あたいもよくよく考えての事です。江戸城が明け渡されていつき、天皇様へお入りいただくつもりはあいもうさん。」

勝「しかし、いずれは天皇様のご入城となりましても、第一、江戸市中が丸焼けで混沌とした中では警護も容易なことではございませんぞ！　折角、築き上げてきた江戸庶民の生活はどうなるのですか。そしてこの海上に浮かぶ黒船たちは、どの様な動きを致しますか。」

西郷「よう分かりもす。じゃって、ご入城は二年あまりはかかっじゃろうと考えちょいもす。」

勝「西郷さん！　この戦いは江戸の民には何の罪もございません。江戸が今日まで営々と栄えてきたのには、二百六十余年という長い、長い、歴史があります。官軍と幕府が江戸城を中心に戦えば、当然、江戸は火の海になるでしょう。そして女、子供をはじめ、何の罪もない人達が死んで行くのですぞ！　貴方はそれを承知で、江戸城へ攻撃しようとするのですか⁉」

西郷「おいは、江戸の庶民にまで大きな代償を払わせる考えは、全くございもはん！　じゃどん、慶喜殿が戦う以上、総攻撃は止むを得んと思っちょいもす。じゃで、あたや江戸の庶民のためにも、三月十五日に総攻撃をすっど、公然と薩摩屋敷の者達をつこうて、早くから、前もって各町へふれて参った積りでごわす。おいとて、できるだけ災いを及ぼしたくなか。無駄な被害を負わせたくなか。じゃっどん一たび戦争となれば、恐らくは江戸の町民のほとんどが幕府方に付くと思とります。いや、おいは全部が敵だと覚悟せんなと思とりもす。」

勝「しかし西郷さん！　江戸の民は何の武装も無ければ、力も無い、罪も無い、か弱い人達ですぞ。」

西郷は更に語気を強めて言う。

西郷「じゃったら！　なんごで幕府はあらかじめ江戸の民の退避を考えんとな！　幕府は江戸の町民達を逃がす

のではなく、むしろわざと江戸を守るための人質にしたなと、あたいは考えといもす！」

勝「西郷さん！　私は、あなたのこの貴重な時に、何で愛宕山へお誘いしたか、貴方はこうして広く大きな江戸市中を眺め、大きく頷きながら、ご覧になったではないですか‼　総攻撃を前に、私は西郷さんに、今一度この愛宕の山から、大江戸をくまなく見てほしかったからです‼」

西郷「勝さん‼　あたいはそん位の事は、よーく承知の上で、だからこそ、こげんして二人きりでお会いするため、今朝は早くに参ったのでごわす！　そしておいどんはこの目で、絵図面ではなく愛宕の山から、見事な大江戸の、生きた素晴らしさを深く、深く感じ入りもした！勝さん‼　江戸の人達のためにも、勝ち目のない戦をこれ以上すべきではなかど‼　おはんの言う通り、諸外国をよく見つめ、新しか、これからの日本を作り直すべきじゃっど。おはんの身の内には、慶喜殿にまことの恭順を考える重臣もおれば、絶対交戦の諸侯もおられると思とります！

おいはできるだけ時間をかけました。

慶喜殿は『恭順』と申して上野寛永寺へちっ居したと申されますが、しかし、おいから見ますと、寛永寺は徳川家代々の菩提寺、しかも江戸城の真後ろに位置したところ！　これでは恭順というより、防御の構えとしかお見受けできません‼
あたいは、もはや総攻撃を決意しておいもす！　そげんすれば敗戦の責は当然、幕府の領主、慶喜殿の処刑にも関わりもすぞ‼　おはんの最後のお考えをお聞かせ願いたい‼」

西郷は毅然たる態度で勝を見る。勝はしばし深く考える。どこかから鶯の鳴く声がする。そして勝は思い切って言う。

勝「私は、私は、この江戸を守りたい！　そして私は幕臣の務めとして、何としても慶喜大殿のお命だけはお助けする覚悟でございます‼　城内に籠城する家臣達には、必ずや、必ずや帰順すること、神明に誓って納得させます‼」

勝は西郷の右手をしかと取り、両手で固く握る。両者は目と目を直視し、しばし沈黙が続く。西郷はすくっと立ちあがり、言う。

西郷「よう分かり申した！　勝さん、当日は薩摩屋敷にてお待ち申し上げますぞ。」

茶汲み女は襖《ふすま》の隙間から、恐る恐る二人のただならぬ様子を見ている。

茶汲み女「お客様！　お客様！」

勝「おお、お女中か！」

茶汲み女「お饅頭が少し冷めてしまいました…。」

勝「いやぁ、ハハハ…。すまんかった！ つい話に夢中になって。ごめんよ！ さぁ、運んでくれ！」

茶汲み女「はーい。紅白の平九郎饅頭です。熱々より、かえって少し冷めた方がおいしゅうございますよ！」

勝「そうか！ 紅白か！ それはめでたいな！」

西郷「おお。ハハハ…。すんません。ついふとか声で。あたいはこまか声が苦手じゃもんで。悪ごつでした。許して下さい。ハハハ…。」

紅梅、白梅に、うぐいすが鳴いている。

勝「おねぇちゃん、それじゃぁお騒がせ代を入れて、これ取っておいてくれ。」

勝があらかじめ包んでおいた金を渡す。

茶汲み女「お客様、とんでもございません！」
　茶汲み女は恐縮がるが、勝が言う。
勝「いいから取っときな！　饅頭は歩きながら食べるよ！」
茶汲み女「お客様、それでは遠慮なく頂戴いたします。どうぞお山をごゆっくりお楽しみ下さいまし！」
　勝と西郷は笑いながら、饅頭一つをお互い口にくわえ、もう一つは懐紙に包み、二人とも懐に入れて立つ。

勝「江戸の朝日が昇ってきましたな！」

西郷「やー、よか！　今朝は日本晴れじゃー。」

愛宕神社から太鼓が鳴り渡るとともに、宮司の祝詞《のりと》が厳かに流れる。

西郷は饅頭を食べながら言う。

西郷「勝さん！　愛宕神社をお詣りして参りもんそ⁉」

勝「うん、西郷さん！　私は今日、貴方とお会いできて良かった‼」

西郷「勝さん！　あたいも同じでごわす！」

二人は同時に笑いながら、大太鼓の響き渡る花道を社殿へと向かう。

幕

5　薩摩屋敷、広間の場

家臣「幕府陸軍総裁　勝海舟殿、お着き！」

右手、廊下より、裃姿の勝が広間へ悠然と入って来る。広間には数人の薩摩藩家臣が、既に官軍の軍服を身に着けたいでたちで腰かけている。入ってきた勝を家臣たちが瞠目する中、勝は平然と中央の椅子に腰かける。やがて

家臣「政府軍大総督府総参謀、西郷隆盛殿お入りー。」

呼び声と太鼓の音とともに、左手より軍服姿の西郷隆

盛が随行者二名を引き連れ堂々と入って来る。重臣達は深々と頭を下げる。勝も腰かけたまま深々と頭を下げ、西郷を迎える。広間はシーンと静まり返り、緊迫した空気が流れる。西郷が腰かけ、おもむろに読み上げる。

西郷「勅書！

一つ、徳川慶喜殿は水戸藩へお預けとなること。

一つ、江戸城すべて明け渡しのこと。

一つ、幕府に帰属する軍艦、大砲、その他、武器、弾薬等の一切を没収のこのと。

一つ、これらの順守をもって、江戸城攻撃は中止すること。

以上。」

勝は腰かけから下り、正座する。まずは上様の無事と江戸市中が戦火から免れたことに対し、安堵と満面の笑みをたたえ言う。

勝「ははー。この度の勅書、まことにありがたく、謹んでお受け申し上げ奉ります。」

西郷「これまで!」

すっと立ち上がった西郷は、笑みを浮かべながら随行者二人と共に勝と別れる。
重臣達は予想外の勅命に唖然としている。
西郷は微笑をたたえ、悠然と花道を歩いて行く。
勝はひれ伏し、感涙し、西郷の背姿を見送る。

終幕

あとがき

この度、先に出版させていただきました脚本『レマン湖のほとり』をきっかけに、幕末から開国へ日本の激動期を私の好きな歌舞伎調?脚本として出版させていただきました。

とうに亡くなっておりますが、私の母は歌舞伎が大好きでした。駄菓子を目的に母に歌舞伎座へ連れられ、小さい頃から背の届かない立見席へよく階段を登って参りました。下の芝居は全く見えませんが、これが目当ての袋から菓子を出し、舞台を背にしておいしく大事に食べながら、役者さんの台詞の声、下座の音、拍子析を叩く音、お向うからの掛け声等なんとはなく聞き、そして、賑やかで明るく、温かいこの世界が次第に好きになりました。戦前、戦中、戦後と、次第に歌舞伎への親しみが深まりました。お蔭様で現在は一階で観劇できる身分になり、次第に声をかけたくもなり、更には何か脚本を書いてもみたくなりました。

今年はいよいよ米寿。土日を執筆にあて、そして月曜日に出社して私の汚い手書きの原稿を秘書の細井君が一生懸命協力してタイプし、また西郷さんの薩摩弁は鹿児島出身の社員　渡瀬君に昼休みを利用して協力してもらい、更に再校として西郷吉太郎氏のお力添えもいただき、本書が出来上がった次第です。

ともかく皆さんに心から感謝して筆を置きます。

【著者紹介】

永谷 宗次(ながたに そうじ)

1926年（大正15年）11月23日生まれ。46年東京工業専門学校（現国立千葉大学）卒業後、図書印刷入社。48年同社を退社し、家業の永谷園本舗（現永谷園）復興へ協力。53年愛宕写植㈱を設立、58年同社を譲渡。同年永谷園本舗に副社長として入社。副会長を経て2000年より相談役、13年顧問に就任、現在に至る。

愛宕山縁起　西郷と勝

2014年6月22日　第1版第1刷発行

著　者　永谷宗次

発行者　村田博文
発行所　株式会社財界研究所
［住所］〒100-0014　東京都千代田区永田町2-14-3東急不動産赤坂ビル11階
［電話］03-3581-6771
［ファックス］03-3581-6777
［URL］http://www.zaikai.jp/

印刷・製本　図書印刷株式会社

ISBN 978-4-87932-099-5
定価はカバーに印刷してあります。